誤讀童話
Misreading Fairy Tales
宋文里
U0088511

目錄

序

睡前聽床邊故事，這個條件在很多故事書中都被當成理所當然，但那是西洋人的生活情態，也就是一種異文化，在我們的文化傳統中並非常態。不過，如果是來自東洋呢？

我很幸運，小時候曾聽過我母親讀的床邊故事。受過東洋教育的她，一邊讀日文的童話書，一邊用母語翻譯給我聽。翻譯是個有趣的語言形式。有時不能照字直譯，而是須以演義的方式把它給講出來。這種演義為我種下童話讀法的根基，我在故事當中穿插的「作者簡介」中會再提到此事。

我這個作者，平常喜用寫詩來作為業餘文學創作的形式，也試寫過短篇小說，但由於機緣和合，我開始動筆創作寓言體的短篇，然後終於來到童話的寫作。這種「終於」是發生在我邁向老年的時候。人生經歷過很多轉折之後，對於童話也有了相當轉折的看法。我把這種轉折的看法叫做「誤讀法」。

稍微說明一下，讀者有誤讀的權利，那就是在「讀者反應論」當中，照羅蘭巴特的說法，讀者會有兩種閱讀反應出現，也就是分別為讀者風（readerly）和作者風（writerly）的讀法。一般人都會使用讀者風來閱讀，不必多說，但作者風比較需要解釋：你雖是個讀者，但你會踩上作者的滑板車，以寫作而非以閱讀的速度跟著文字跑。跑著跑著，你可能跑過頭。於是，你在面對浩如煙海的故事文本之時，對於我們所沒有，或相當缺如的文類，我們必須用仿作開始，我們的文化處境就是如此，譬如現代詩、現代小說都是這樣。我們讀西方作品，有了深度理解之後才開始仿作，然而一下筆就會發現，先前的閱讀中帶有許多不可避免的誤讀：我們對西方最最基本的概念都起於誤讀，譬如「民主」、「科學」、「自由」、「法治」，一經翻譯就已經走調，其偏離的程度之甚，不經西方漢學家指出，我們還在自得其樂呢！譬如「自由」語出道家，「法治」語出法家，跟西方的知識脈絡扞格不入。西語「自由／法治」構成一個語意緊密相連的套詞，中文卻含有「自由＝逍遙法外」的意思。「科學／民主」是由「追求知識／全民皆知」為基礎而構成一套有機的整體，中文卻只取「分科求知，各成專業」來理解「科學」；也把「民主」和知識的關連拖進民粹主義的反智傳統。這些基礎沒有建立起來，我們的中文知識變成在沙地上建出危樓，也就是說，誤讀誤解竟然已經成為我們甩不掉的基礎。

寓居在這搖搖晃晃的基礎上，我們一直昏頭昏腦。在這個生活世界裡，連床邊故事也難免會上演成荒謬劇——至少把我所自覺的荒謬元素，拿出一些，拼裝起來，就會形成這樣一串跟既有的童話不太一樣的童話故事：

——看看三隻小豬和大野狼之間的衝突矛盾，如何竟是起源於血緣上的親近？

——看看小紅帽和大野狼之間的恐怖關係，如何在小藍帽的眼中轉變為一場人道救援行動？

——看看灰姑娘終於變成王子妃之後，童話如何不能保證他們會在森林中過著快快樂樂的生活？

——看看死睡不醒的睡美人，躺在綴滿古老文化遺跡的寢宮中，如何讓王子醒悟：他根本不必或根本不能把公主吻醒呢？

——看看格林童話在荒謬元素介入之後，翻譯成中文故事，會發生什麼文化交會和文化融合。

——看看《聖經》故事裡天地創的奧祕，如何轉變為亞當夏娃用兩小無猜的「從前從前」來攜手進行的時間創造？

——看看大家熟知的《伊索寓言》，如何以龜兔賽跑故事簡化了龜和兔之間的賽跑協定，甚至其中經常暗加的勸世道德，其實根本不是重點所在。

——看看小學課本從不遺漏的孔融讓梨故事，在四歲讓梨之後的孔融還讓了什麼，或沒讓什麼，導致這本童話必須穿插一篇悲劇才能寫成。

——看看國王怎樣讓國人穿新衣，而他自己卻不必穿，只消管管九二代表了什麼共識，也看看他和對岸帝國之間如何只能透過古老的謎語來互通熱線，而其實三通之後，啥也沒通。

——看看《綠野仙蹤》所走的路線，根本就是一趟《西遊記》。

——看看老師說過很多次的日本猴子、猶太螃蟹（或猶太猴子、日本螃蟹，看你要說的是老的還是小的）怎樣上演冤冤相報的故事，最後竟把真理顯示出來。

——看看在經書之外的緯書如何能占據藏經閣裡的霸主地位，把一位聖人的傳記，用他母親的故事，顛三倒四地道出原委。

這十二篇誤讀的童話，所教你的，就是童話不可能只是童話；而它沒教你的，正是童話怎麼也不會自己長大。

第 1 篇

三隻小豬

（三部曲）

首部曲

根據愛爾蘭的某種輾轉流傳之說，有一隻母豬和野狼在海邊約會。這隻母豬已經懷孕，因此胃口變得很奇特——她想吃狼肉。愛她的狼勉強答應讓她咬一口。她咬了一口狼的背部。後來沒多久，她又想再咬一口，狼就忍痛讓她在腹部咬了第二口。又過了一會兒，母豬忍不住想咬第三口——你知道這就是孕婦的胃口嘛——但是，當母豬在狼的腿上咬了第三口的同時，狼就一腳把她踹進英吉利海峽裡。母豬的屍體漂上岸後，當地的愛爾蘭農夫剖開母豬的肚子，發現子宮裡面竟有三隻有點像狼的的小豬，都還活著。

二部曲

野狼年老體衰後，無法在森林裡生活。他覺得唯一可能的最後棲身之處就是去找那三隻小豬。這段故事，在全世界早已家喻戶曉，我們就不必多說。只知野狼後來沒被他的三個私生子收容，因此忿忿不平地寫下他的回憶錄，揭發三個兒子欺負老弱的故事。在他出版的《老狼回憶錄》封面設計上，除了書名用了正體中文之外，其他部分則採用了青天白日滿地紅的圖案，意思是要青天老爺和太陽公公還他一個公道，否則他會讓他的惡意造成血染大地的後果。

三部曲

三隻小豬讀過《回憶錄》，惱羞成怒，因為他們的私生子來歷不但被揭穿，還有許多他們認為是老野狼對他們的中傷，就決定要提出誹謗的告訴，其中他們最不能忍受的就是說：他們都有愛爾蘭的歐盟血統，在他們身上連一丁點萊克多巴胺的毒素都不准有，但《回憶錄》上竟然說他們身上都帶有台灣特有的毒素：沙丁胺醇及塞曼特羅。三隻小豬號召了三萬隻小豬上街抗議，表明他們身體裡除了熱愛台灣人的錢幣和鈔票之外，沒有其他任何毒素存在的可能。

老狼在一大群記者包圍之下，只好公開承認，沙丁胺醇及塞曼特羅之類毒素是根據路邊消息而加進《回憶錄》裡的。「但是，」老狼仍然死不認輸地要為自己辯護，他說：「至少他們和另外三萬隻小豬身上都含有一種不屬於瘦肉精的毒素，所以你們驗不出來，那就叫做『台毒』！」

這本《老狼回憶錄》後來被台灣當局判定為挑撥親子恩怨，因此禁止出版。但據說它流入大陸坊間後，上了銷售排行榜前十名。有許多小學採用它來當作語文課的教科書，因為，他們說：這才是具有中文特色的三隻小豬故事。

第 2 篇

小藍帽

第二景

今天天氣有點霧濛濛的，小紅帽照例還是要把媽媽為姥姥準備好的一些補膳送到姥姥在森林的家裡去。姥姥吃補兩個月來，氣色變得好多了，但媽媽說，至少要吃滿三個月才能停。

小紅帽一直不敢告訴姥姥說，她每次走進森林裡都會覺得怕怕的。一個十歲的女孩不該膽小，像姥姥這麼大年紀，自從外公過世後，她還敢自己一個人住在森林裡。「我身上有媽媽的血緣，而媽媽是姥姥的女兒，所以我應該像媽媽和像姥姥一樣勇敢……」小紅帽走進森林之前總會這樣喃喃叨念一下，但是，今天森林裡顯得特別陰暗，而且，而且，有件事，她很猶豫，沒告訴媽媽，但到底要不要告訴姥姥呢？她左顧右盼，希望「那件事」不是真的，但就在那時，她看見有個黑影在她身後橫地閃過，她可以感覺到那個黑影的節奏不太流利，但肯定是有東西，肯定不是她因為害怕才產生的幻覺……

第一景

小藍帽是在小紅帽三歲時誕生的小男孩。媽媽在他五歲時也仿照小紅帽的樣式為他縫製了一件有帽的藍色斗蓬，這樣就可以在有風有雨或有雪的天氣都穿著出門。只不過到了七歲的年紀，他還總是跟著媽媽和姊姊一起，從來沒有自己出門。

這一天，他看見姊姊又提著一籃食物要出去了。小藍帽鼓起勇氣跟小紅帽說：「姊姊，我可以跟妳去嗎？」

「喔，不，弟弟乖，姊姊去看看姥姥，很快就回來，弟弟待在家裡陪媽媽，好不好？」說著，小紅帽親了一下小藍帽的額頭，就逕自出門去了。

小藍帽雖然對著姊姊的背影「嗯」了一聲，但是，他已經打定主意，要趁媽媽不注意時，偷偷跟著姊姊的腳步，尾隨去姥姥家。

第三景

小藍帽在森林裡自己找路，實在有點困難。每一條路都長滿青苔和細草，像路又不像路，幾乎每走一步都得停下來想一想下一步該怎麼走，就這樣想著想著，他也想起姊姊似乎告訴過他，森林裡偶爾會看見可怕的黑影：「我覺得那黑影好像是大野狼，但是，我不敢告訴媽，我想姥姥也許會知道……」這就是姊姊說過的話。

好不容易，小藍帽終於走到了姥姥家的門口，看見大門敞開著，他覺得有點不妙，趕緊衝了進去，客廳沒人，飯廳也沒人，而且滿屋子有一股濃濃的血腥味。小藍帽心跳得好快，不知道該不該繼續走進臥室裡去，因為臥室門口的血腥味更濃了。

「欸，小藍帽，你怎麼來了？」是姥姥沙啞的聲音，從臥室裡傳來的。很久沒見到姥姥，幾乎要分辨不出這聲音了。

「快過來幫忙，快來。」這次是小紅帽的聲音，不可能聽錯的。

小藍帽再也不遲疑，衝進臥室裡。赫然，他看見姥姥的床上躺著一隻大野狼，身邊還有滿床的血跡。姥姥俯在大野狼身上，好像一邊撫摸著野狼那膨脹的肚子，一邊從野狼的下身慢慢抽出一個血跡斑斑的小東西。

「這隻母狼在難產，姥姥幫她把小狼生出來。好像有好幾隻，快點，小藍帽，你去廚房把那鍋熱水端過來。」小紅帽對小藍帽說。

小藍帽這才明白是怎麼回事。他把熱水端來了，姥姥已經正在抽第四隻小狼。小紅帽就在一邊幫小狼揩揩身體，還把他們一隻隻用毯子包好，放在床邊。

尾聲

小紅帽牽著小藍帽的手，姊弟倆一起走過森林回家去。

「我是媽媽的女兒，媽媽是能幹的姥姥的女兒，所以我們都很能幹，那你呢？」小紅帽故意打趣這樣問弟弟。

小藍帽自然毫不認輸地回答說：「今天是我自己走過來的，沒有媽媽，沒有姊姊，但我還是看到姥姥了——還有那隻大野狼媽媽，我希望她很快就能起來給小狼餵奶。」

第3篇

灰姑娘

前情摘要

自從灰姑娘當了王子妃之後，自然再也不會有人叫她「灰姑娘」了。亨利王子叫她「親愛的」、「蜜糖」、「甜心」；王宮裡所有的人都叫她「王子妃殿下」，或「殿下」。但是，很多人不知道還有一個「灰姑娘」，那就是灰姑娘藏在地窖臥榻旁邊的一個布娃娃——她的生母親手為她縫製的，所以，每天每天，儘管後母和兩個假姊姊對她用盡手段地頤指氣使，讓她忙個不停，但是，到了忙完一天的工作，終於可以躺下來睡覺時，她絕不忘記把布娃娃抱在懷裡，向她哭訴一天的委屈，然後安慰她要好好睡覺。這個布娃娃「灰姑娘」在王子和王子妃盛大的婚禮之後，進入寢宮之前，還是被王子妃帶到了她的床上。

婚禮後第一天

窗外的鳥鳴讓這對新人都醒了過來。

「嗨，親愛的蜜糖甜心，妳睡得好嗎？」

「喔，從來沒睡過這麼舒服的床，還有這一身中國絲緞的睡衣，實在太舒服了——灰姑娘，妳說是不是？」

王子一聽到「灰姑娘」就噗嗤一聲笑道：「妳還叫自己『灰姑娘』？別傻了，我的王子妃殿下……」

話沒說完，王子妃把她的祕密捧在王子眼前：「灰姑娘在這裡。這就是我的灰姑娘。」

王子看見這個灰撲撲的布娃娃，就體貼而溫柔地說：「唔唔。不，我要宮裡的裁縫師給妳作個新的布娃娃，也穿絲緞睡衣的，妳把那個髒娃娃扔了吧！」

才聽完這句話，王子妃已經滿眼是淚，緊抱著灰姑娘，低頭啜泣不已，把王子嚇呆了。過了好一會，王子才說：「我的甜心，妳別哭，我不搶妳的灰姑娘。我們出去花園散散心好不？反正早餐也要等到父王他們都醒了才會開始的，好嗎？」

這對早起的新人就在一群宮女的伺候下換好衣服，出去花園散步了。

妹妹背著洋娃娃

走到花園來看花……

這是王子妃自幼就喜歡唱的一首歌，自從媽媽為她縫製好布娃娃之後，也教她唱的一首歌。但是今天不知怎的，只唱了兩句就沒再唱下去。

「咦，我的蜜糖，妳的歌聲好甜，怎不再唱了？」王子看見王子妃坐在路旁的椅子上，膝上放著灰姑娘，那灰姑娘竟然一臉都是淚水。

王子也挨身坐下來，當然，是王子妃又哭了，她的淚水都滴在灰姑娘臉上。王子這回曉得她不能只靠溫柔體貼就能安慰他的新婚妻子，就決心要問出個原委來。王子妃擦乾眼淚，抬起頭來，眼神專注而嚴肅地看著她的新婚丈夫，向他拋出一個問題：「亨利，我知道我有點孩子氣，特別是在你的面前，可是，你不能老是叫我蜜糖甜心，你忘了我的名字了嗎？我不是在對上玻璃鞋那天就告訴你，我不叫灰姑娘的嗎？」

是的，亨利王子當然沒忘記這可愛新娘的名字，他正想改口叫她那可愛的名字，但是，一隻娟秀的手指伸了出來，垂直壓在他的嘴唇上。

婚禮的前一天

灰姑娘要告訴亨利王子，為什麼她不唱了。

「婚禮的前一天，後宮總管安娜婆婆帶我到宮裡，四處看看看，衣櫃裡有一百套正式衣裳，還有便裝兩百套，睡衣就有二十四件，還有各式鞋子幾十雙，我們還看了馬廄，有一匹栗色的阿拉伯馬，叫做費妮，和你的馬佩格，就拴在隔壁，還有，還有很多，我看得很累了，突然想到一個問題，問了安娜婆婆：『為什麼我的衣服裡沒有工作服？』安娜婆婆很驚訝地回答說：『殿下，妳可真把我考倒了——哪有王子妃穿的工作服？』

這就表示以後我在宮裡不能打掃、不能指地板，也不能到田裡挖馬鈴薯、不能採蘋果，我不能工作了？但是，我從來都是邊工作邊唱歌的呀！不做任何事，怎麼唱歌呢？」

婚禮的當天

「還有更讓我唱不出來的一件事，就發生在婚禮當天。我在進入禮堂前，本來牽著我走進來的畫師李奧那多叔叔，他突然放下我的手，跑到我的前面，拿出一張畫紙，開始為我畫像。他說，他絕對不要在畫室裡畫呆板的模特兒，所以像我這樣走向青春喜悅的臉神就是他特別喜歡捕捉的。他在我的前方直盯著我的臉，倒退著，用左手，[1]邊走邊畫，我被盯得怪難為情的，而李奧那多叔叔不知是非常得意，還是非常興奮，我

竟聽到他兀自發著奇怪的聲音：『嗚哇～哇嗚～嗚哇～哇嗚～』簡直像隻狗仔。我不懂他為什麼要這樣，但我覺得我當時一定沒有他要捕捉的『青春喜悅的臉神』，我覺得連一向親愛的李奧那多叔叔都變得像森林裡的野獸一樣讓人害怕，所以我只能一直低著頭，並且還一直緊抓著我手中的灰姑娘娃娃，就在那時，我聽到我的灰姑娘低聲哭泣。你相信嗎，亨利？我的灰姑娘哭了？」

亨利王子似懂非懂地聽著這段有關婚禮當天的故事，但他也自顧自地想起：我不是就問問她的名字嗎？怎麼扯到這麼遠？

①本圖取自網路，達文西的畫稿：左撇子，維基百科，自由的百科全書(wikipedia.org)。

我的甜心蜜糖的名字，原來不就是……

「心的累啦！」[2]王子妃猜出了亨利王子的心事，那是在婚禮之前，灰姑娘真正想說的話。

結婚三個月後

王子妃騎著她的費妮神祕地失蹤在森林裡。王子派出七次巡邏隊，都找不著她的蹤影。但是，森林深處有一間小茅屋，裡頭住著七個畸形怪狀的小老頭，還有一位陪伴著他們的姑娘，因為肌膚雪白，但又不知其名，所以小老頭們都叫她「白姑娘」——雖然他們都知道白姑娘每天在辛勤工作之後，到了晚上睡覺前，都會捧著她的布娃娃唱歌：

妹妹背著洋娃娃
走到花園來看花……

後來有人在寫《山海經》時，提到過這七個怪老頭，他們分別叫做：莊方、莊長、莊寬、莊高、莊圓、莊徑和莊周。沒有提到白姑娘，當然更沒提到灰姑娘，只知道其中有一個老頭化做蝴蝶，笑著飛出森林，傳下了這個故事。

②灰姑娘的名字，舉世皆知，先用中文翻譯成「心的累啦」，好讀，原文是Cinderella。

第4篇
睡美人

「如此安寧地，早逝者還活著。」

「未出生者守護並照看更為寧靜的童年，為將來人類的甦醒作準備。」

——海德格（Heidegger），《走向語言之途》

1

小王子在童年時就常聽媽媽、嬸嬸和奶奶們在談一個古老宮殿裡有「睡美人」的傳說。聽她們說得活靈活現，讓小王子禁不住好奇，很想知道箇中實情。

小王子長成健壯的青年之時，他也蒐集到更多有關的傳說，並且最終在推想中達到了結論：「睡美人」不只是個傳說，很多零星的材料兜起來，可知道那座宮殿大致的形貌，以及座落的方位；甚至還有點線索說，這睡美人的名字可能有個「碧」字或「妹」字，總之，青年王子已經打定主意，就要出發去尋找這傳說中已經沉睡千百年的美人公主了。

2

王子按圖索驥，果然在一條乾涸的河川源頭山崖上看見了那座宮殿——喔，那可不是一座什麼古堡，而竟是一座蓋滿整個山頭的城邑。荊棘滿布、野草叢生，加上斷壁殘垣，任誰也都會認定這是個古老部族留下的廢墟，而不會相信裡頭可能還有活著的，一位長眠公主。

艱辛地爬上山崖，面對著這座巨大的方城，王子一時有點困惑：到底要從哪裡進去呢？他想繞著城牆走一圈，已經花掉大半天時間，卻只在南邊和東邊各看見一個城門。南門上寫有一個古字，王子認出那就是

也就是「詩」；

東門上也有個古字，

王子在蒐集材料的時候就認得，那也就是「書」。

天快黑了，不可能再把北門和西門繞完。這時，王子坐下來想了一下，很快他就有個直覺，認為從「詩門」進去要比從「書門」更有可能進入公主的寢宮。

3

果不其然，從詩門進去，用劍一路砍掉甬道上的雜草荊棘，就看到了一間很像是寢宮的大房間，從四面都有甬道可通往這裡，每個甬道入口都寫著和外頭一樣的古字，就是「詩」、「書」、「禮」、「樂」，比較奇怪的是「詩」、「禮」、「樂」三個甬道用的是木門，獨獨「書」用的是鐵門。王子很慶幸他剛才的選擇——如果他從「書門」進來，碰到這鐵門，要打開就很棘手了。

寢宮入口是一扇大門，上頭銘刻著兩個古字：

——「這不就是『妣寐』嗎？原來是睡著的先祖母，而不是外頭流傳的什麼『碧妹』。」王子這麼想著，就一邊用劍撬開這扇門，走了進去。赫然看見寢宮正中央有一張古老的架床，四面蓋著細緻的絲綢床帘，裡面隱約可見有個人正正地躺在那兒。

王子忐忐忑忑地掀開床帘，俯身過去看個仔細，這一看，他嚇呆了：他看到的不是一個成人，而竟然是個胚胎——這裡完全沒有美不美的問題，因為這胚胎的臉孔都還模糊不清，但是，胚胎胸口上掛著一面玉牌，上面很顯然地刻寫著一個圖形，或是個字，這應該就是這位傳說中的公主，或眼前的先祖母的名字：

而這個字，在小王子開始讀《三字經》時就已經認得是

「巳」，也同時是後來變成的另一個字：「己」。

己

4

王子沒敢驚動這個胚胎，放下床帘，離開寢宮，走出城門，回到他的故鄉。從此之後，他沒再向人提起過睡美人的傳說，但他開始談詩作樂，並且發明了一種學說，後世的人只記得他的說法好像是跟什麼「盡己」和「盡其在我」有關，但不知其詳了。

第 5 篇

火鳳凰

當格林兄弟在德國鄉間蒐集民間傳說和童話時，他們聽到一個「金雁鴨」(Golden Goose) 的故事，但他們不知道，在歐亞大陸的另一端，有一個幾乎一模一樣的故事，發生在更久更久以前，只是其中的金雁鴨變成了當地傳說中更為珍貴的「火鳳凰」。由於這樣的地理和文化差異，所以這故事中就難免會有些變化。讓我們來看看這個故事是怎麼說的。

1

話說小楞子的兩個哥哥在森林裡砍柴時，有個傴僂著身子的小老頭前來要求分享些食物。這兩個哥哥不願給，所以後來受到小老頭的詛咒，被自己的斧頭砍傷了腳，瘸著、哭著回去了。小楞子就向他父親請求，接替哥哥的工作，去森林裡砍柴。

父親很不屑地對他說：「你這個愣頭愣腦的小伙子，你會砍什麼柴？連你兩個能幹的哥哥都會受傷，那你要去的話，恐怕連命都撿不回來。」

小楞子雖然楞楞的，但還是有個倔強的脾氣，他說他一定要去。於是他媽也給他準備好一個餐包：兩顆上好麵粉蒸成的饅頭、一壺親手壓製的果汁，就讓他去了。

2

格林兄弟的故事中沒提到的，還有一件事，就是兩個哥哥除了不願分享食物之外，為什麼會受詛咒。原來是這樣的：

大哥不給食物，小老頭問他為什麼不給？他就說：「用『推己及人』的道理想想嘛──你想吃，那我不也想吃嗎？所以你怎麼能向別人要食物呢？」

小老頭一聽，就嘟囔著說：「不給吃的也就罷了，還濫用成語，你應該受到懲罰。」所以大哥砍傷了自己的腳。

二哥呢？也一樣不願給食物，他的道理是說：「『己所不欲，勿施於人』。我的饅頭是粗麥做的，我的果汁是發酸的，連我自己都不想吃，怎麼能給你呢？」

小老頭一聽，又嘟囔著說：「不但濫用成語，還用來講謊話，你該受罰。」所以二哥也砍傷了自己的腳。

小楞子來到森林裡，和他哥哥所到的同一個地方，正準備砍柴，那小老頭又出現了，上前來要食物。小楞子二話不說，拿出一顆饅頭，還看見小老頭手裡有個空罐子，就對他說：「喏，這顆饅頭給你，還要給你倒一罐果汁。」

小老頭很高興地一邊接過饅頭和果汁，一邊說：「這小子真不錯，不但會慷慨解囊，還懂得『吾道一以貫之』，該受個大賞。」於是告訴他，可以翻過山到另一邊的森林深處，一定會發現讓他驚喜的東西。

3

小楞子照小老頭所說，翻過山，到了一處奇特的森林，這林子長滿高大的梧桐樹。小楞子有點搞不清楚：這麼高的大樹，我還能砍倒嗎？他正在心裡滴咕，沒想到樹梢上飛下來一隻火紅的鳳凰，直接撲進他的懷裡。小楞子簡直嚇呆了，但楞子發呆，就會負負得正，他立刻想通了：這鳳凰是一種神鳥，我要帶牠回到村莊，讓全村人都能獲得庇護或賜福。於是他從山的另一邊繞個大圈子，想要回家去，但在路上，他得先經過一個住有很多人的城鎮。

鎮上除了車水馬龍，更有熙來攘往的人群。有三個姊妹看見這小伙子抱著一隻從未見過的怪鳥，就好奇地上前來探問。

她們聽說這是一隻神鳥，就三個人一起打量了一下，想用鎮上的人都會想到的主意：把鳥搶走。沒想到當她們用手摸到鳳凰時，這隻火鳥突然全身發火，不但把三姊妹的頭髮燒光，還讓她們一個個摸到鳥的手都黏在鳥身上，拉不回來。這三姊妹覺得光頭太難看，就這樣一手黏著鳥身，一手蓋在頭上，跟著小楞子排成一列往前走。

後來又有個商人、有個秀才也一樣想來摸這隻神鳥，結果也一樣被燒光了頭髮，一手黏在這一列人的後面，一手蓋著自己的腦袋，跟著往前走了。這一行六個人經過市集最熱鬧的地方，許多人以為這是街頭表演的遊行隊伍，而且把她（他）們整齊劃一的姿態看成是經過排演且訓練有素的表演團體，就紛紛丟錢過來打賞。小楞子忙不迭地摘下帽子接受賞錢。在走完市集這條街時，他的帽子已經裝了滿滿的錢幣。

4

回到家的小楞子讓他爸媽兩人都吃驚得說不出話來。一隻鳳凰，帶著一列男女，還有一大堆的錢幣，父親先衝上來拿錢，媽媽跑過來接小楞子，手足無措地慌成一團。

小楞子這時比較關心的是這一列黏過來的人，該如何發落。他直接問鳳凰說：「神鳥啊，神鳥，你是不是該讓他們都鬆手走開呀？」

鳳凰一臉嚴肅不肯作答。小楞子忽然想起他聽過的一首民謠，就對著鳳凰唱起來：「鳳兮鳳兮，何德之衰？往者雖使壞，來者可變乖……」火鳳凰一聽，轉過頭來驚奇地看著小楞子，然後，霎地化做一陣火焰，一閃衝上天際，不見了。五個心懷不軌的男女終於鬆開了手，抱著頭，一邊求饒一邊急急地逃開。

5

後來的格林兄弟還是沒聽到這個更古老的東方傳說，所以他們也就只記下了傳到西方的那個版本。金雁鴨？有點太遜了吧？

附：作者簡介

在試講過幾篇故事之後，開始有人會好奇地問說書人是打哪兒來的？他的身世如何？所以這裡就要開始講一講【作者簡介】，希望每次不要占掉太多篇幅。

宋文里，1952年生於新竹縣竹東鎮。母語是客家話，在家中用四縣腔，在外面用海陸腔。幼年時即以善於唱歌、跳舞、講故事而經常在夏夜——當家人在戶外圍坐乘涼時——為大家提供餘興節目。上了小學後，除了繼續在各次遊藝會上表演唱歌跳舞之外，更常做的事情是在很多次上課的空餘時間，以小老師的姿態為班上同學講故事。他的「故事掰手」名聲迅即傳遍全校，尤其是他自己掰的《放屁大王．連續劇》。這是他在小學三年級之前發生的事情；但是，小四那年，轉學離開家鄉，之後他竟然像是個江湖俠客封刀歸隱般，再也不講故事了。他到底發生了什麼事？請待下回分解。

第 6 篇

時間的創造

1

起初，神創造天地。神說：要有光，就有了光。神稱光為晝，稱暗為夜……這是頭一日。後來，神用地上的塵土造人，將生氣吹入他的鼻孔裡，他就成了有靈的活人，名叫亞當……後來，神使他沉睡。亞當在恍惚間覺得自己的肋骨部位有點疼痛，並且夢見神對他說：要用那根肋骨來造一個女人。亞當睡醒後，看見他身邊多了一個不曾見的人，就問她說妳是誰？」

2

夏娃回答說：「我是女人，叫做夏娃，也是在你之前來到世上的人。」

亞當覺得奇怪，就又問道：「我在神創造天地的頭一日就已經存在，也親眼看見神創造天地萬物，但沒看見妳被創造，妳怎麼說是在我之前來到世上的？」

夏娃很有自信地說：「那時你睡著了，或是那時神還沒吹氣到你的鼻孔裡，所以你渾然不覺。再說，你怎麼會叫做『亞當』呢？『亞』當為次、為二，難道你連這麼基本的語言規則都不懂嗎？」

亞當很不服氣，就說：「先別跟我咬文嚼字，我不相信妳說的，我們去找神評評理。」

夏娃又更有自信地說：「神造完世界，早已離開人世，你要去哪裡找祂？」

亞當環顧四周，知道他們所在的地方叫做伊甸園東，他就提議說：「我們可以進去伊甸園裡找找看，好歹神在世上總會有個行宮或辦公室吧？」

3

他們倆走進伊甸園，除了花草樹木和鳥獸蟲魚之外，確實沒看見什麼行宮或辦公室之類的建築物。於是他們倆的爭執只能僵在那裡，不得其解了。

那時的人類頭腦很單純，一件事沒解決，就不會去做第二件事，所以他們倆只能呆坐在一棵無花果樹下，你瞪我、我瞪你，不知還能做什麼。

4

突然，他們聽見捲在樹上的一條蛇對他們哼了一聲：「你們找不到神，那是當然的，因為祂不在這裡，也不在那裡，祂根本不在世界上。」

「那祂還能在哪裡呢？」亞當驚訝地問道。

夏娃突然有了主意，她對亞當說：「你說你是神創造的，而我只知道我是從人裡創造的。神在起初只用了幾天就把世界創造好，匆匆離開了，但我知道，人創造人，是先要把人生出來，然後慢慢把這小孩帶大，要花很多時間……」

「時間？」亞當更驚奇地問：「時間是什麼？神並沒有創造時間呀！」

這下子，夏娃、亞當和那條蛇都呆住了。

5

「神稱光為晝，稱暗為夜……這是頭一日……」夏娃若有所思地喃喃自唸著，然後，她突然明白過來：「既然有頭一日，就有第二日，就像你的『亞』是第二的意思一樣，對吧？」她對著亞當說。

亞當也似乎有點明白了：「對，要花很多時間，要從頭一日到第二日，到第三日，這樣一直下去才對。」

「所以，」蛇也明白過來：「說什麼拿一個人的肋骨造了另一個人，那根本違反世界的常理。」

「什麼常理？」亞當和夏娃同時對蛇的這個哲學用語感到困惑。

「神造世界是個神話，而神話的常理就是只能用神蹟來創世，不能用基因工程。」蛇的回答讓夏娃和亞當更睜大了眼睛，並且張口結舌，不知牠在說什麼。

蛇知道牠已經脫口說出了不可洩漏的天機，並且有大禍即將臨頭的預感，所以牠很快地從樹上爬下來，一溜煙地逃走，並且鑽入地下，再也不敢出來了。

6

夏娃看著亞當，看著看著就想起：「要花很多時間，確實是這樣——我記得從前從前，你還小的時候……」

「對，我也記得，從前從前，妳還小的時候……」亞當也想起來。

於是，他們倆開始邊吃著隨手摘來的蘋果，邊用「從前從前」來你一句我一句地回憶起他們青梅竹馬的幼年故事。

於是，時間和童話就這樣被夏娃和亞當一起創造了出來。

7

至於後來他們為什麼會被逐出伊甸園，其實，那還不是因為蛇說了什麼「基因工程」之類的鬼話而連累到他們的緣故？

附：作者簡介

宋文里，原來是個講客家話的小孩，在十歲那年搬家到一個沒有客家人的小鎮。他在學校裡本來還想繼續向同學表演「故事掰手」這個絕活，沒想到，當他一開始講故事，他的客家腔突然變成全班同學戲仿和嘲弄的對象。他在吃驚之餘，竟至不敢公開發言了，更別說還要掰什麼故事。在此之後，他每天晚上都會準時收聽崔小萍導播的廣播劇，一天也不漏。一年之後，他又轉學，到了一所都市裡的小學。在開學後不久，他雖然沒有恢復故事掰手的身分，但他畢竟是比較敢公開講話了。結果，開學不到一週，他聽到同學給他取了一個「阿山豬」的諢號。這到底是怎麼發生的？後來又會有什麼演變？請待下回分解。

第7篇

龜・兔・賽跑

一隻來自黃河中游的烏龜和一隻來自巴爾幹半島南端的兔子，因為都到國外留學，就在同一個校園裡相會了。他們都是資優保送生，對於自己和別人的文化歷史都可說是飽讀詩書，一肚子墨水。他們倆一見面，馬上互相擊掌致意，好像老朋友相會那模樣，但其實這是他們第一次相見——如果童話不算數的話。

1

兔子先開口：「不消說，我們在以前的童話裡碰過面的，是吧？」

烏龜同意地點點頭：「但童話有個問題，就是都被人傳說過幾百幾千遍了，要說我們倆不曾相識，還真難呢！」

「是的，童話還有個問題：它說過龜兔賽跑，所以我們倆好像非得再來賽跑不可了。」

「當然，那也不怎樣……」烏龜若無其事地，才說到這裡，馬上就被兔子把話打斷了：

「你說當然不怎樣，可我認為其中大有問題，沒什麼當然不當然的。」

烏龜把他像綠豆般的眼睛睜得大大的，很驚訝似地問道：

「都聽過千百遍了，還會有什麼問題？」

「聰明的小兔子聽第二遍就會提出抗議了——我是說，我們家鄉的小兔子，早已在小時候就發現了那個問題，所以現在他們長大後，擔任老師或教育機構的主管，都同意那則龜兔賽跑的故事內容有反教育的意味，禁止再放進教材裡了。」

烏龜其實也知道是怎麼回事，因為聰明的小烏龜在第一次聽到這個故事時，就已經和他們的長輩心照不宣，知道他們當年賽跑得勝的祕訣何在。

兔子得理不饒人地說：「別說你們不知道其中的道理，那就是你們缺乏運動精神，僱用一個槍手躲在終點的草叢裡，在兔子好不容易跑完全程之前，就一溜出來，站在終點線上，還洋洋得意地做出先跑完的模樣。我告訴你，這不是什麼聰明的伎倆，而是用現代教育的語言來說，叫做『作弊』！」

2

烏龜也受過現代教育，所以他對於祖先的作弊沒話說。但是，他換了話題說：「要重新來一次公平的賽跑，我不反對，不過，我聽說，你們家鄉在兩千多年前就有哲學家預言過：這場賽跑，不管你是什麼飛毛腿，你還是跑不過烏龜的。」

兔子聽了一愣，想了一會，對了，確實是有的，說什麼飛毛腿阿奇里斯跑不過一隻烏龜。他還沒想完，烏龜就忙著幫他作註腳了：「那道理其實很簡單，我們的祖先在兩千多年前也有哲學家說過幾乎一模一樣的道理，雖然他不是在說賽跑，但他是這樣說的：『一尺之棰，日取其半，萬世不竭。』意思是說：你想跑贏烏龜，就在你舉腳要通過你和烏龜之間的一半距離之前，你必須先通過這一半距離的一半，然後，要通過這一半的一半之前，又必須先通過一半的一半的一半，這樣，就像要砍斷一根木棰，你先砍斷它的一半，第二天再來砍剩下的一半，所以，第三天、第四天……到第N天，總是還有一半的一半的一半，沒完沒了，可不是？」

「所以，你的意思是說，我們陷入一半的一半理論中，不用賽跑了——你我是要和時間賽跑，而時間無限，人生有涯，我們誰都跑不贏，是不是？」兔子似乎在作結論的樣子。

3

不過，這隻兔子資優生的話還沒講完。他說：

「那些所謂『一半的一半』的理論都有個盲點。不論是我們的哲學家，或是你們的哲學家，他們都是坐在那裡談理論的，他們沒真的去做。不信的話，我去找一隻烏龜賽跑，不能作弊；而你呢，去砍你的木棰，要用尺量好。這樣，咱們看看：我會不會跑贏，而你會不會永遠砍不完，你覺得怎麼樣？」

4

這隻也是資優生的烏龜嘆了口氣說：「是的，不作弊的話，就不會再有那個童話了，我完全同意。以後回國，我也要建議我們的教育當局：禁止再拿龜兔賽跑的故事來當兒童教材。不過，關於砍木棰嘛，那就很難說了。」說到這裡，垂頭喪氣的烏龜又重重地嘆了口氣，讓兔子聽了都覺難過。

「別喪氣，烏龜老哥，我告訴你，你的問題實際上是會解決的：那些哲學家說的是假設的木棰，但你要砍的是真實的木棰，我們在經驗論和實用主義裡長大，都知道假設的木棰和真實的木棰是不一樣的——你每次去砍、去鋸，都會產生一些沒量到的木屑，所以，那木棰會比你想像的先被砍光，你又何必擔心呢？」

5

「難就難在我們的歷史不一樣，」烏龜說：「我們兩千多年前的帝王聽到那個『一尺之棰……萬世不竭』的理論後，覺得沒道理，但又辯不過那位哲學家，所以他下令讓哲學家去做實驗，並且每次砍完一半就要找隻烏龜，來把事情發生的經過都刻在龜甲上——結果呢，實驗還沒做完，帝王就下令叫哲學家不要再做下去了。你猜是怎麼回事？」

兔子聽了兩手一攤，聳個肩膀，露出一副完全不解的姿態。

烏龜這時不但嘆氣，還開始流下淚來，帶著啜泣，艱困地要把故事說完：「烏龜被一隻又一隻地抓來刻寫那故事，這樣前仆後繼，為的是要證明真理，所以，我們龜族是無怨無尤地犧牲生命，來讓帝王寫歷史的；但是，帝王聽到有人檢舉那位哲學家在實驗過程中幹了另一種作弊的事情——在我們家鄉不叫『作弊』——有人舉報哲學家報帳不實，他用了一半的龜甲來刻寫，另外一半則轉賣給藥材商；而藥材商又把一半的一半轉賣給古董商，就這樣層層牟取暴利。雖然不知道是真是假，但總之，已經被判定了『欺君之罪』，所以，我們的實驗，特別是像這種需要花長時間才能證明的理論實驗，永遠都會像這樣，從來沒做完就停擺了。不信的話，有機會你到我家鄉去看看，龜甲都還留在博物館裡，但是，完全不知所終，嗚呼哀哉。」

6

後來這烏龜和兔子到底有沒有再來一次賽跑，我們就不得而知了，因為沒刻寫在龜甲上——或說，因為沒人敢再做這種

附：作者簡介

宋文里，在小學五年級聽到人家說他是「阿山豬」，他心有不甘。有一天，在早上的課前清掃校園活動中，他把一些撿好的垃圾準備拿去丟入操場邊的垃圾坑，剛好和他同行的一位同學，就是最初叫他為「阿山豬」的那人。他們兩人互相斜眼不語地併行了一段之後，這位「阿山豬」終於忍俊不住向對方挑釁說：「你說誰是『阿山豬』？那至少比你這隻『福佬狗』還強些吧？」——就這樣，兩人開始拿身世的問題出來，吵了一架，而在這吵架的話語中，雙方才同時發現：欸，原來兩人本都是客家人。破涕為笑之餘，這兩人後來變成了最好的朋友。到了考上竹一中（初中）時，兩人竟然又被編在同班，使這友誼與日俱增，之後兩人也都同時考上新竹高中，這童話般的情節就跟著邁入青少年成長的關鍵時刻。欲知後事如何，請待下回分解。

第 8 篇

孔融讓梨．孔融棄市

孔融幼年就懂得在吃零食時只選最小的梨子，把大梨子讓給他的兄姊。這故事說的是個四歲的小童，也出現在小學的課本上，所以算得上是一則「童話」了。但，諸位讀者對於這位孔子二十世孫後來的故事，難道不好奇嗎？這意思是：童話可不可以長大呢？

1

孔融十歲時去拜訪當時的名士李膺，與主人和在座的賓客之間的言談顯現了他出奇的辯才無礙。有位官員聽了很嫉妒，就故意當眾說：「小時了了，大未必佳。」孔融也當場以其人之道還諸其人，說：「想君小時，當必了了？」立刻證明了自己的辯才超過那個嫉妒的大人。這故事也有很多人知道，但最有意義的是，孔融的這種話語也為我們特有的「童『話』史」留下一個鮮明的案例。

2

但是，在海峽對岸，有人對於小學課本中出現孔融讓梨的故事頗不以為然，就用教育研究來證明一件事：他取用了現在的一些小孩為樣本，讓他們取零食，就是從一堆糖果中隨他們自己任挑一個，結果，所有的小孩都會挑最大的一個，由此可見，「孔融讓梨」的故事要不是後人捏造，那就一定是因為身為孔聖之後的小孩，在四歲那樣懵懂的年紀竟然已經過度早熟地學會了「溫良恭儉讓」那套裝模作樣的聖門行為，所以，用「現代教育理論」來看，這是怪異之舉，不足為範，應該從課本中刪除。

海峽兩岸共享著同樣的文化遺產，當然從小學課本都有孔融讓梨故事，就足見一斑。但，歷史文化在兩三百年的地理隔離之後會出現明顯的差異也是不可否認的事實——在海峽此岸就從來不曾聽過任何要刪除孔融故事的言論，可見我們的「想法」是不太一樣的——不，很可能是因為在我們的教育中，根本沒有任何「想法」或「理論」可言，以致我們會在課本中保存著上一世紀二〇、三〇年代編訂的教材，並且只是「想當然爾」地繼續使用了幾乎一世紀而不作修訂。

話說孔融在「黨錮之禍」發生時，有位正直的士人張儉被政敵通緝，而由於張儉是孔融的哥哥孔褒的好友，當張儉奔逃到孔家來避難時，孔褒正好不在家，孔融就自作主張，把張儉留了下來。不久之後，被人發現，仍然遭到逮捕，但同時官方要以「窩藏犯人」的名義給孔褒問罪。這時，孔融出面，說收留張儉是他的主意，跟哥哥無關，要論罪的話，應該由他承擔——十六歲，在我們現在的法律中是不能用刑法問罪的，可惜他們活在很久很久以前（一千八百年前），所以即便是屬於童話的範圍，但官方仍然要捉人。後來哥哥堅持他是成年人，應該由他負責，而這時孔媽又站了出來，更堅持她才是一家之長，論責任先後，她最先，請官方拿她。這一家人爭著承擔罪名的故事，我們不問最後的結果，仍然可知：孔融讓梨故事，上面說到的「除名」，在世界各國的童話裡大概只有在我們的文化遺產中才是個慣例，並且，要繼續發掘這個童話發展史的話，最後，我們會在史書上看見比除名更為嚴重的「限制級」史料，根本無法拿進童話中使用，譬如在司馬光（他的童年故事──破缸救人──不也出現在我們的童話中嗎？）的一部大歷史著作《資治通鑑》裡，雖然對孔融有些描寫，但語多貶抑，譬如說他「負其高氣……而才疏意廣……，辭氣清雅，可玩而誦，論事考實，難可悉行」云云，對於孔融的才高辭雅其實沒有多說什麼。但是，所幸我們可以在《全後漢文》當中讀到這位童話英雄的一些文章，譬如在其國君曹操頒布禁酒令之後，他竟敢放言反駁說：「酒之為德久矣。古先哲王……和神定人，以濟萬國，非酒莫以也」；還說：「燕噲以讓失社稷，今令不絕仁義；魯因儒而損，今令不棄文學；夏、商亦以婦人失天下，今令不廢婚姻……」；最後就提出尖銳的對比史實：「高祖非醉斬白蛇，無以暘其靈；景帝非醉幸唐姬，無以開中興……」；所以，他的意思就是總結於這樣的質問：「由是觀之，酒何負於治？」——這些，讓我們再說一次，雖然已經不屬於「童」的範圍，但卻是曾為童話英雄的孔融所說過的精采之「話」，雖然這樣的話，果然使他遭到比童話更高一級的悲劇之禍。

5

好吧，不算是童話也罷，司馬光這位同樣曾是一位童話英雄的人物，大概是因為「文人相輕，自古已然」的緣故，就在他的史書上對於孔融的最終下場這麼輕描淡寫道：「（建安）十三年……秋……八月……壬子，太中大夫孔融棄市……。」

什麼叫做「棄市」？真糟糕，這是限制級的語言，在童話裡是萬萬不可說；即令是改用繪本或影片來呈現，也得打上馬賽克才行，那，我們的童話就只能這樣不明不白地草草結束嗎？不得已，只好改用我們的另一種文化遺產，就是話本小說常用的方式來收尾了——有詩為證：

身為聖人後
文才高九斗

蒙罪遭棄市

屍首無人收

馬賽克來了：以上那段「有詩為證」，老師會給各位劃的重點，是在第二句的奇言；後兩句太普通，因為《聖經》也有像這樣的場面，所以我們劃掉不必讀。那句奇言有什麼奇的？你聽：

對於後來的「建安七子」，當中取代了孔融地位而被擠上「第一才子」地位的王子曹植，後代詩人謝靈運曾說他是「才高八斗」，但既然原先的七子之首是孔融，而其才還要高於曹植，所以我們當然可說他「才高九斗」了——我們之所以要緬懷他，當然是因為這緣故。

附：作者簡介

宋文里，對於「小時了了，大未必佳」這種嫉妒的評語，他自然也會聽到。但他稍稍研究過這句評語在歷史上首度出現的主角身世之後，覺得除了文人相輕的意思之外，還有更可怕的文化底層，或海底深溝，值得童話讀者在誤讀中歪歪地獲知。「大未必佳」除了用來反擊那位嫉妒者之外，後來變成咒語，一語成讖，也不是不可能。文人名士的故事，最終以悲劇下場為結局，至少在這一則童話裡所顯現的，並不是孤例啊！那首「有詩為證」的最後兩句，用念的，恐怕就不能打上馬賽克了，怎麼辦？他是打著哆嗦勉強念出來的。這裡可以記上一筆：「打著哆嗦念」可算是誤讀法裡的一種招式。欲知後事如何，請待下回分解。

第9篇

國王的新議（上）

1

從前從前，海島上有一個小小的蛇族王國，在不久前改制為君主立憲國，自此以後，從國王到國民百姓，人人都過著守法守紀、安和樂利的日子；不過，在海島西方有一個大山大海的古老龍族帝國，那裡的國民和海島上的人互稱龍蛇同胞，相當友善，只是他們的統治階級很奇怪，就像《山海經》這本古老經典上所說的一樣，而他們最奇怪的一個習慣就是在需要和海島人溝通時，總愛使用各種經典中的謎語。這其中的奧妙，我們暫且按下不表。

話說國王很久沒事告訴國民，所以在王宮前廣場上的告示牌，就一直空著。「真的沒事。」走過的路人都知道；但是，有一天，一位大臣也走過那兒，覺得這樣不太對勁，就直接進宮，去向國王求見。

「大王陛下，您的告示牌很久沒用，上面已經長苔發霉了，您不能就一直讓它這樣下去吧？」大臣戰戰兢兢地說。

國王盯著他，好半晌才嘆了口氣回答說：「有什麼事，不就都寫在憲法上了嗎？難道還要我像以前的國王那樣，三天兩頭就寫個什麼詔、什麼誥的，說來說去，還不就是那些東西？所以我建議，你就寫個行政命令，讓國民百姓都好好去讀讀憲法，這樣不就……」

他話還沒說完，大臣就立刻搶著說：「對不起，陛下，您剛才說你您認為什麼詔、什麼誥的都沒什麼東西好寫，但您剛才說您『建議』，您怎麼就用了一個過去的國王從來不用的『議』，這說法還真新奇呀！」

「喔，我也沒想到，君主立憲其實就是民主法治了，所以我也就很自然地改口，不說『下詔』、不說『王誥』，而說是『建議』了。但是，你說這很新奇，只換個字罷了，有什麼新奇可言呢？」

「不瞞您說，陛下，最近聽說海西帝國向我們傳遞了一個訊息，就說是什麼『一個蛊鍋』原則——當然，還是和以前一樣，是個費解的謎語。您是否可以把這訊息公布在告示牌上，並且，陛下您對此有什麼想法，或是有什麼新議，不也就可以趁此表達一下了嗎？」

2

聽完這位大臣這麼一說，國王回到他的辦公室，在沉思之間，想起前陣子發生的一件事，跟這樣的「新議」有關：當時就是因為海島王國改制的事，海西帝國的統治階級就在海外到處散播對海島王國很不友善的言論。這些言論雖然仍舊都是用謎語說的，但其中帶有嚴肅的意味，這倒是容易聽出來的。所以，國王就想，既然這謎語和「改制」有關，那麼，謎底是不是也和「改製」有關才對呢？是不是他們對我們的「制服」有意見，所以希望我們「改製」呢？

國王當時既然想通了，於是他有了一種頗為友善的心意，就是想：不要這麼嚴肅嘛！我們可不可以用一點嘉年華的方式回應一下？譬如，他就這麼想：關於制服⋯⋯不要太嚴肅⋯⋯那麼，好吧，我就回他們一個謎語。當這心意已定，隔天他就在告示牌上貼了一張大字報，寫的是：「不統．不禮．不捂」。

國民百姓看到這個謎語，因為大家心裡早有嘉年華式的默契，所以立刻明白了：國王要我們大家換新裝——「不統」就是不要有領子，或不用打領帶；「不襛」就是要我們都穿開襠褲；至於「不捂」嘛，就是既然大家都穿了開襠褲，也就不必再遮遮掩掩了。這好玩！所以那年國慶日當天，全國上下不分男女老少，大家都穿了一天無領、開襠而且不必遮掩的新制服。這件事，後來流傳開來，就是大家至今都還忘不了的「國王的新衣」故事。

3

但是海西帝國的統治階級可不認為這有什麼好玩。他們對於「不統．不瀆」的新裝倒是沒有什麼意見，偏偏對於「不捂」，他們翻出了一則《國語》裡的典故，放話說：從前從前，有神龍留下的口水，被古代帝王藏在櫃子裡，後來有位行為不端又粗心大意的帝王把這櫃子打開，不小心就讓那神龍的口水倒了出來，流入宮庭，無法除掉，於是典故上說：「王使婦人不幃而噪之」，這裡的「不幃」就是指「不捂」，也就是讓女人拉開裙子的下擺，露出下體，而這無恥的行為竟然就把神龍的口水給嚇跑了。就這樣，海西帝國的統治階級表達了他們對於「不捂」的解釋，認為那是對於他們龍族的極大羞辱，因此，其嚴重後果要由海島王國的國王和百姓一起承擔。

這就是為什麼國王聽了大臣的意見之後，必須回去沉思良久的緣故；而這也是為什麼那塊告示牌很久都沒再使用的緣故了。

4

話說回來，剛才那位大臣提到，最近海西帝國向我們傳遞了新訊息：「一個盅鍋原則」，使國王陷入苦思，他覺得：這個謎底實在不容易揭開，因為我們也讀過《國語》，知道「盅」是盅，「鍋」是鍋，兩種容器大小不同，功用各異，怎麼說是「一個原則」呢？

附：作者簡介

宋文里，他感到很抱歉，必須把身世簡介的部分暫時略過，只想說：我們大家一定還讀過很多很多古老經典，和海峽對岸的讀書人一樣多，這就是為什麼雖然他曾經被人用「阿山豬」這麼難聽的名字來稱呼，但他仍然不反對和對岸的百姓之間可以互稱為「同胞」的緣故——因為，在多年的教書生涯中，碰到不少來自安徽、江蘇、甘肅、內蒙的同學，他們連認知和想法都和我們一樣，譬如一定都知道「豬八戒照鏡子」的下文是什麼。海峽兩岸同胞現在互相對望，雖然抹掉了「裡外不是人」的魔咒，亦即有一邊可用「最美麗的風景是人」來自道，另一邊則不敢，但是，雙方還都很容易包在豬八戒那種「不能」的謎團之中。欲知後事如何，請待下回分解。

第9篇

國王的新議（下）

5

果然，和所有的童話一樣，當國王和大臣們都忙裡忙外苦尋對策而總是只能交白卷，或交出一本文不對題的摺頁來當答案時，王宮外面就會出現一個衣衫襤褸、瞎眼瘸腿的老人，他被憲兵擋在大門外，但他手中拿著一張小小的紙片，說是要交給國王的，說完，他就地盤腿一坐，任憲兵怎麼趕，他都不走。

紙片交給國王之前，照例要先給大臣看過。大臣一看那紙片上只寫了一個字，他立刻像受驚的馬一般跳了起來，衝進王宮裡，大聲喊著：「我要晉見國王陛下，快給我傳話，快呀！」

國王很快接見了大臣，看見那紙片上寫著的是個「鼎」字——國王很清楚：這位等在宮外的老者就是他該禮敬的賢人。

6

國王、大臣一起請那位老者進宮，坐在上賓的座位，奉上名貴的好茶。國王先開口問道：「請問先生貴姓大名？打從哪兒來？」

老者聽了，先不慌不忙地喝了一口茶，點頭稱好，然後回說：「陛下，您是覺得聽我講講解謎的道理重要？還是覺得先作我的身家調查重要？其實，我一走進門來，王宮裡的高科技系統已經掃瞄過我的身體，你們的電腦裡已經有我的全部資料，所以，我就廢話少說，直接談您的難題吧！」

國王本是個溫良恭儉讓的人，這是全國上下都知道的「資料」，因此他會有點靦腆地向老者道歉，這也是在座大臣們都早料到的反應。但老者也很謙恭有禮地對國王說：「陛下，您聽得懂鄉下人講的本地話吧？是的，我聽過您下鄉走訪時，偶爾會用本地話發表演講。不過，您知不知道，在您看到的『一個盅鍋』那句謎語中，已經有了一點暗示，就是說，『鍋』在本地話裡就叫做『鼎』。是吧？」

聽到這裡，國王露出了一點失望的表情，心想：原來這老頭，只是在談鄉下人的道理，這不過是野人獻曝、敝帚自珍而已嘛！有的大臣告誡過我，不要太相信民調，這老頭也就只是一個民調的案例罷了，唉！

7

「陛下，您還沒聽完，怎麼就唉聲嘆氣起來了？我瞭解您的心情，但沒關係，我是鄉民沒錯，但不是您所擔心的民調，我不怪您。你且聽我說：在一本古老經書上，您可以看見一些零零星星的解謎指引，集中在一個象徵，就叫做『鼎』，其中一句說道：『九二，鼎有實……』，這對您來說太重要了，所以我就來為您解說一下。」

老者又喝了一口茶，搖搖頭說：「涼了，不好。」但他只輕輕推開茶杯，繼續他的解說：「所謂『一個盅鍋』就是指小容器『盅』擺進大容器『鍋』，也就是『鼎』，這樣就形成了海西帝國所謂的『一個』這樣的量詞，簡單說，就是大吃小，把兩個變成一個；但這實在不是同胞之間，或是文明人之間的相待之道。您若知道對方也很尊重古老經書上的道理，那麼，您只要這樣回答對方的謎語就好——『九二共食，一盅各杓[3]』——當然在回信的紙上，別忘了用浮水印，印上個鼎的圖樣，這樣，對方就會莫測高深，繼續和您用謎語問答下去了。」

國王聽了，似懂非懂，只好硬著頭皮問道：「先生這麼一說，確實和鄉民的道理大不相同，只是，老實說，連我都覺得太玄了，您敢保對方的高手真的能解開您的謎語嗎？」

「當然，他們可以翻到這本經書和謎語的上下文，知道『鼎有實』就是指大鍋子裡食物很豐盛，大家都有得吃，但若說『一盅各杓』，那就是我們故意用他們的話，以其人之道還諸其人，看他們怎麼能在『盅』這麼小的容器裡，讓人你一勺、我一勺的，是吧？最終，要想大家都有得吃，那麼，他們就必須承認：只有說『一鼎各杓』才會有意義——但，您不需講白，讓他們的高手去翻經書吧！」

8

海島小國的國王終於見識到自己的鄉民當中，果然還有古老的隱士高人隱身在其間，並且也就照那位高人的意思，在告示牌上貼出大大的一張大字報，明明白白說：

③請注意這個「杓」字的讀音，它可以是「勺」，也常讀如「標」。其實，它的意思本來就是指勺子。

我們對於海西帝國丟來的謎語「一個盅鍋原則」的回應就是「九二共食，一盅各杓」。

這謎語的來回，果然造成一種效應，就是：海西帝國也許還在似懂非懂的狀態中，但又不敢承認他們實際上到底懂了沒有，只好表示同意。而這情形一直到現在都還像個懸案般，留在雙方王宮、皇宮前的大告示牌上。

9

只是，我們先前曾經討論過：「童話到底會不會長大？」的問題。是的，我們的童話還長得不夠大，譬如談到國王、王

附：作者簡介

宋文里，他對於上次跳開「作者簡介」而「把童話拉進來」的脫稿演出，已表示抱歉，所以還是要回到編者交代的正題上來。

他在十六歲到十八歲之間就讀於新竹中學，覺得自己真的受到很好的教育，尤其值得自豪的是：透過好老師的指點，他展開了自我學習的道路。譬如在高二的寒假三週裡，就直直地讀完一本厚達五百頁的《西洋哲學史話》。後來，他的書包裡，除了課本之外，還總是裝著像《希臘史》、《近思錄集解》、《中國史前史話》、《悲劇的誕生》等等「課外書」——

不，對他來說，那當然不是童話書，但那正是讓他能夠相信自己會長大，會變成能人的書。包括現在相信的「童話會長大」這種信念在內，也是在那段歲月裡發芽長出苗來的。

到此至少可知作者已經長到十八歲以上，而不久之後讀大學到出國留學，都是可想而知的事情。但欲知其詳，則請待下回分解。

第 **10** 篇

綠野仙蹤

1

二十世紀英國桂冠詩人T．S．艾略特曾經說：重要的文學作品最好不要讓不成熟的小孩接觸，以免這樣的作品在這個人的一輩子裡都存留著不成熟的印象。我首先想到的就是小學時讀到的李白「床前明月光」和杜甫「國破山河在」。後來，更糟的是，有一次碰見一位來自丹麥的學者，我向她自謙說：我對丹麥知道得很少，除了小時讀過的安徒生之外；她立刻板著臉告訴我說：「安徒生不是給小孩讀的。」

但是，無論怎麼說，孩子何辜而不能讀到某些該讀或不該讀的作品呢？只是，細細回想前面說過的那些意見，確實在自己的「印象」裡留有許多不成熟的「童話」，譬如那本來不是童話的《西遊記》，還有本來已經發展成四十集故事而自己只知道第一集的《綠野仙蹤》，然後，更糟的是，我竟然會把這兩個故事混在一起，變成了「一個童話」。這是怎麼說的呢？

2

話說美國堪薩斯州有個小女孩，名叫「逃樂絲」，喔，不，叫「桃樂絲」才對，你看，這印象一開始就有點混淆了，因為我記得桃樂絲是個父母雙亡的孤兒，寄養在叔叔、嬸嬸家裡。後來說是被一陣颶風捲走，但我懷疑她是不是個「逃」家的孩子，後來回到家裡，自己瞎掰了個颶風的事故而已。至於她為什麼會逃家呢？根據我在孩童時代聽完故事後的猜測，加上自己的經驗，我就想：她一定是個擁有好幾個祕密基地的小女孩，每次被叔叔或嬸嬸責罵時，就會藏到她的某個祕密基地裡去。

就在這時候，我開始聽到《西遊記》故事，記得那首先出現的領導人角色叫做「三藏法師」，我就已經想到桃樂絲也許會被她的小朋友們取個綽號叫「三藏」——是說她有「三個藏身之處」的意思。這樣的念頭，後來果然一發而不可收拾：你看，三藏法師後來收服了三個徒弟，分別叫孫悟空、朱悟能、沙悟淨，而小女孩「三藏」呢，不也收服了三個跟班，分別叫稻草人、懦獅子、錫皮人嗎？這樣一配對之後，擋不住的混淆果然就像颱風天的土石流一樣，把故事和人事混成一團了。

3

桃樂絲被嬸嬸罵得最兇的一次，她分別藏到她的三個祕密基地去暗自哭泣，但這次因為太難過，她覺得祕密基地已經藏不住她的傷心，所以，她在半夜裡牽了叔叔的一匹白馬，決定要到西方樂土去尋找解決的辦法——她想去的西方就是加州，特別是一個叫做橘郡的地方。這地方的原名讀起來像是「奧藍橘」，過了很久之後她回到家鄉，變得成熟多了，但她的小朋友們仍然稚氣未脫，把她說的「奧藍橘」聽成了「奧藍極」，或「奧懶雞」，或甚至省略成「奧雞」，最後就變成比較文雅的「奧茲」，所以在後來她的冒險經歷被李曼．法蘭克．鮑姆寫成書時，才會叫做《奧茲國仙境》。

那麼，當時的桃樂絲為什麼會想去西方樂土呢？她想去尋找解決什麼呢？其實我也忘得差不多了，就像我忘記三藏法師西行取經到底是取的什麼經一樣，幾乎忘光了，或是《西遊記》裡根本就沒說？

4

比較可堪告慰自己成年後記憶的，乃是桃樂絲在西行途中分別碰見了三個困難重重的朋友，一個是想尋找智慧的稻草人，一個是想尋找勇氣的懦獅子，一個是想尋找心性的錫皮人，而桃樂絲就一心一意地想幫忙這三個不幸的朋友，來解決他們的難題，反而把自己的難題拋到腦後了。

這故事很長，中間還經過了所謂的東、南、西、北國，原來是幼稚的桃樂絲以為加州只是像她的家鄉奧馬哈小鎮一樣的小地方，翻山越嶺抵達加州之前，在山巔上俯瞰加州，發現這裡是一片綿延得幾乎不見南北兩方盡頭的土地，只是在西邊勉強可看到一點點大海的影子。他們一行四人走進加州，見人就問：「橘郡在什麼地方？」而路人只會模糊地指指西南方，就匆匆開車離去了。所以他們只好繼續一邊問路一邊跋涉而去。這時，第一個領悟到智慧的是稻草人，他發現，要獲得路人告知的消息，一方面是要謙虛而細心地傾聽，另方面也要適時把不明白的地方當做不懂的問題提出來，這樣，問路的結果就會一次比一次明白了。桃樂絲很高興地發現「謙虛和不懂」就是稻草人所需要的智慧「空」，於是桃樂絲決定把稻草人收為第一徒弟，法名叫「草悟空」。

5

在繼續前行的路上，還發生了許多事情，譬如他們餓了，想要向人家要點吃喝的東西，但每次由錫皮人上前詢問時，人家都嫌他一身銹味，就根本不想理他了。正當他們垂頭喪氣時，桃樂絲發現路邊有個加油站，那裡的垃圾桶裡有很多沒用完就丟了的除銹油。她很機伶地把這些除銹油一罐一罐翻撿出來，然後大家七手八腳地把油抹在錫皮人身上，拿幾塊粗布用力刷一刷，果然讓錫皮人變得一身金亮，銹味自然就沒了。在

就可見其端倪（漢名日「猊」），所以，為什麼會有隻「懦」獅子呢？其實，桃樂絲在一路上就看出，懦獅子並不是軟弱怕事，而是每次發生什麼事情時，懦獅子都會三心兩意拿不定主意，因此不論幹什麼事都是獅頭蛇尾，不了了之。譬如他看見了漂亮的母獅子，想上前去搭訕，就會立刻想起自己的娘，也就是大家都知道的河東獅吼那位獅娘，所以他跨出一步之後的第二步一定是把步子收回來；又譬如他看見加州到處可見的闊佬，他很羨慕，想去問一問他們的致富之道，卻會立刻想起他那擁有千軍萬馬的獅王父親：從小以來，只要父王回頭瞥他一下，問他一句：「何莫學夫獅？」他就會嚇得立刻縮頭逃開；又譬如他看見加州也很常見的惡少，滿街橫行，他會氣得很想上前去扁他們一頓——是的，他的身材至少比那些惡少要大一倍以上，有什麼不能上的道理？可他就有這樣的道理，讓他又縮頭了：我扁他們一頓，他們一定會回頭糾集更多惡少前來尋仇，這樣的話，沒到達樂土之前，我早已變成路旁的橫獅了，所以……。

桃樂絲終於完全明白懦獅子之所以凡事皆不能的道理，她就正色地告訴懦獅子說：「你最需要的勇氣，其實應該是戒除你的許多心障，第一、戒之在色，第二、戒之在得，第三、戒之在鬥……。」這樣一共講出了「八戒」，然後說：「戒的意思就是『知耻近乎勇』。」好了，這就是桃樂絲收下的第二徒弟，法名「獅悟能」，也叫「獅八戒」。

7

桃樂絲解決了三位徒弟的問題，也終於來到她夢想中的樂土橘郡。在那裡只見滿街人都歡歡樂樂，當然是個無憂的聖地。桃樂絲想起了自己的問題，於是她也見人就問：「你為什麼能這麼快樂？」但是，令人失望的是每位被問到這問題的人都一臉茫然，好像聽不懂她在問什麼。「會不會是我的堪薩斯口音讓他們聽不懂？」她就回頭待在路邊，看大型電視牆上的廣告，學學那些廣告腔。等到她覺得自己對這腔調很有心得時，她再去問路人，一樣的問題，結果竟然還是一樣得到一臉漠然的回應。

她正在失望透頂時，看見一群頭頂剃光頭髮，穿著東方僧袍的加州人，一逕往海邊走去，她的眼睛一亮，就想先不問吧，跟著走再說。當她們一行師徒跟著這群人走到海邊時，只見這群人坐在海灘上誦唱了好長一段經文，然後就面向著大海，開始一次又一次地頂禮膜拜。桃樂絲好奇地問其中一人說：「你們到底在拜什麼？」只見那人簡潔地回答了一聲：「東方。」然後又繼續他的禮拜。這下，桃樂絲給搞迷糊了——他們明明是面對著加州西方的海在膜拜，為什麼說是「東方」？這裡頭到底有什麼奧祕？——這問題畢竟是個全然的弔詭，已經沒人能回答了。

桃樂絲這才發現，她這段西行，完全是走了冤枉路，所以她決心要回堪薩斯老家。三位徒弟既然已經變成智慧、勇氣、有心的人，他們也覺得不需要再跟隨師父了，所以，最後我們只知道，「三藏」桃樂絲是一個人騎著白馬，孤單單地藏回她東方老家的祕密基地。

附：作者簡介

宋文里，他在講述自己的身世時，似乎掉入編年史般的成長故事線性模式，好在由於想起童年聽《西遊記》和《綠野仙蹤》的經驗，而覺得有必要以倒敘法來交代一下自己童年時也有祕密基地的往事。

話說大概在五、六歲時，有一次因為家人覺得他犯了錯而責打他，但他自己覺得是被冤枉的，於是他蹲在家門口外的牆角哭泣，從傍晚哭到天黑，最後總算有位親愛的表姊來帶他回家吃飯，他永遠不會忘記世間有這種令人不平的事情。於是，有一天，他回到牆角那個祕密基地，手上拿著幾支蠟筆，把他蹲過的那整片牆角作了一陣塗鴉。奇的是，對於這明顯的偏差行為，家裡竟然沒有一位大人出來責罵他。於是，他的不平之情不但完全化解，並且，從此之後，他也開始喜歡塗鴉，從進入幼稚園到小學，從小學到中學，他的美術成績一直都是全班第一名，甚至還被選為縣級比賽的代表。這樣，他雖從來沒參加過藝能班，但他相信自己已經得到送佛上西天的三個善果：既能悟空，也能悟淨和悟能。

第 11 篇

猴子與螃蟹

附：作者簡介之一

這段「作者簡介」的位置跑欄了，抱歉，但講故事的人發現這裡有不得已的苦衷，並且還分寫成三段，都不在正常的欄位。這不是編輯失誤，而是作者的誤讀法使然。請看看便知。

宋文里，他在作者簡介中，好像總是附帶地講述了自己身世的點點滴滴，有些人從讀這些連續幾篇的「誤讀童話」以來，難免會好奇地對這位接近不惑之年的宋教授問道：「您說過您從小以來就是個天生的故事掰手，但我們有位老師說：『三分天才，七分努力』，像天才那種三分的事情，我們不敢問他，但我們還是很想問問，您是如何學會這七分努力的？」

——「那三分，這七分，這問題問得太好了。我對於學習，除了肯定要努力之外，還要說：我沒有什麼祕密，就是從小愛聽故事，聽完就要記得，而最好的記得之法，就是自己也把故事轉述給別人聽——只是加油添醋，在所難免而已——這不是在誇稱自己的天才，剛好相反，因為聽過的故事，一到要說出口的時候，才發現自己沒有完全記得，總會東忘一點、西忘一點，所以，除了用『加油添醋』去修補遺忘之外，你還能有什麼辦法呢？今天要說的童話，就是這樣的一個例子，從題目中，你們也可以預知，這會牽涉到我如何努力學習的問題。」

1

我在小學五、六年級時，碰到一位好老師，他當時已是位中年男性，小時候讀過日本學校——那個年代，台灣的學校全都是日本學校，大部分的老師是日本人，學校用的國語是日語，有日本同學，和台灣人一起上課。當時沒人懂得「霸凌」這個字眼的意思，但有人會欺負人，那就是學校裡的社會真理，被欺負的人（通常是日本人欺負台灣人）多半也不敢反擊——誰會反擊真理呢？可是，當一位日本老師講起關於欺負人的童話時，我那位老師可是記得特別清晰。日後他當老師時，也就是我當他的學生那兩年內，至少聽他說過這個故事七、八遍以上，只是每次都強調了一些、省略了一些而已，特別是，他有時還會把別的故事和這故事加在一起，作為參照

——教我們知道「舉一反三」的道理罷了。

2

我這就來說說我記得的故事。

日本獼猴會在溫泉裡泡湯，這是大家都知道的，但是，即使牠們發展出憋氣潛水的功夫，大家可能不知道的是：牠們並不會游泳，特別不會在冰冷的河水裡游泳。

螃蟹是水裡上下自如的高手，這也不用說，但牠們雖會上陸爬行，卻絕對不會爬樹。

記得這兩種動物的特性，然後，我們就可以試試看牠們會如何交手了。

3

獼猴住在河邊，看得見對岸的柿子樹，果子開始發紅了，猴急的獼猴很想過河去採柿子，但他知道自己過不了河，一定要向深諳水性的螃蟹求援。是的，河裡有很大的螃蟹，特別是那些百年老蟹，猴子一眼就看上了其中的一隻。

「日安，螃蟹公公，」猴子向那隻老螃蟹說：「您看到對岸那些柿子樹嗎？都已經發紅了耶，您會不會想去嚐嚐呢？」

「嚐柿子？猴子老弟，我們會等柿子熟爛了，掉進水裡，那時再嚐也還不遲呀！」

「喔，不，螃蟹公公，熟爛的柿子是用來餵豬的，像我們這種美食主義者，該吃的就是像現在這種六、七分熟的柿子，您一定沒嚐過吧？」

說真的，螃蟹從來不敢想什麼美食主義，因為他根本沒這條件。但經過猴子這一慫恿，他也想到：對呀！猴子最擅長的就是爬樹，所以……

「所以，您只要載我過河，我就可以幫您採到時候正對的甜柿子了，您也在這樣想吧？是不是，螃蟹公公？」

「這猴子可真聰明機伶，」螃蟹心想，這隻猴子一定是個好學生，所以：「好吧，猴老弟，跳到我背上，我載你過河。」

4

螃蟹萬萬沒想到的是「聰明機伶」和「好學生」常常並不相等，喔不，有時是正好相反。猴子一過了河，三兩下爬上柿子樹，就開始摘柿子——紅的、甜的，自己吃，至於不夠熟的、澀澀的……？

「欸，螃蟹老頭，你不是沒嚐過不爛的柿子嗎？我丟幾顆給你。」猴子想的是：既然這低等動物不懂得美食主義，丟些澀柿子給他，反正他也沒感覺。

螃蟹嚐了兩口猴子咬過而不要吃的澀柿子，覺得難吃極了，就對猴子說：「喂，猴老弟，你丟幾顆比較甜的柿子給我行不行？這幾顆澀澀的柿子不像你說的那麼好吃呀！」

猴子一聽到這隻低等動物竟然還會挑食，還會抗議，這下子就把他的猴脾氣給惹惱了。他開始摘一些又青又硬的柿子，朝著螃蟹一個又一個快速直球加伸卡變化球，準準地打在老螃蟹的頭部、尾部、腳部，甚至連背部的硬殼，都被打得四分五裂。

老螃蟹必須逃了。他帶著一身傷，勉強游回對岸，進了他的老巢穴。他的兒子看見老爸傷成這樣，吃驚得說不出話來。

附：作者簡介之二

這裡必須回到我那位老師，來補加一點聽故事的方法問題。我這位老師一向很博學，他會在任何課上，補講許多不同文化在應付相關問題時的不同行為，來增強我們的印象。有一次他說了猶太人如何教孩子的故事。他是這樣說的：一位猶太爸爸，在他兒子八歲大的時候，有一天神情嚴肅地帶這兒子到窗檯邊，說有件事一定要兒子知道。他先叫兒子爬上窗檯，兒子很聽話地照做了。然後，這爸爸對兒子說：「你從窗檯上朝著爸爸這邊跳下來，我會伸手接住你。」兒子有點吃驚，但他完全相信爸爸的話，就縱身跳了下來。這位爸爸非但沒有伸手接兒子，反而把手縮到背後。於是，兒子就在他跟前摔了個鼻青臉腫，還加上腳扭傷。兒子氣憤又傷心地哭著責打他爸爸：「你怎麼可以這樣騙人？你是什麼爸爸呀？」而爸爸這時很溫柔地扶起兒子，幫他揉腳，幫他敷臉，然後這樣告訴他：「兒呀！你可知道這世間的人心有多險惡。如果連你的老爸都不可信任，那麼，還有誰是可信的呢？」

5

回到我們的故事。老螃蟹在奄奄一息之時，對他兒子說了一段話，除了把載猴子採柿子的原委說了一遍，之後他的結論就像那位猶太老爸對兒子說的一模一樣。老師的故事有時就在這裡結束。留下全班同學對於人心險惡的驚訝和傷慟的回憶。但是，老師說，這是童話的猶太版。我們有時間的話，還會把日本版講完。

6

沒錯，後來就有日本版的續集了。

小螃蟹眼看著老螃蟹傷重不治，他靜靜地流著眼淚，但心中已經開始盤算復仇的大計。

小螃蟹長大一點之後，至少幾年吧，長到他可以載得動一隻猴子那麼壯碩的時候，他覺得可以去找那隻猴子了。

「猴子老哥，你有沒有看見，河對岸的柿子已經紅了？」

「喔，是的，是的，我注意到了，不過，幾年前有隻老螃蟹載我過河，卻沒載我回來，我費了好大勁，繞了半個地球才回到我的老家。不知道你聽說過沒有？你認得那隻老螃蟹嗎？」

「你認為我認得那隻老螃蟹嗎？螃蟹雖然長得一模一樣，但是，我跟你說的那隻螃蟹非親非故，也沒聽過你猴老哥繞過半個地球的故事。不過，總之，我已經吃膩了掉進水裡的爛柿子，你可不可以幫我去摘些新鮮的甜柿子來嚐嚐呢？」

「那敢情好，那敢情好！」猴子樂得猴急地跳到小螃蟹的背上，順利地渡過河，並且也和幾年前一樣，三兩下就爬到柿子樹上。

7

猴子仍然是猴子，他邊吃紅柿子，邊丟青柿子。還假惺惺地問螃蟹說：「欸，小子，要不要嚐幾口甜柿子啊？」

但這隻螃蟹已經不是當年那隻老實的螃蟹。他只回答說：「猴老哥，不急。您且吃個夠吧，到時候給我留幾顆就行。」

小螃蟹不是沒事做——他開始用他有力且銳利的兩支夾子，在刮夾著樹幹，很努力，而不是很有天才——但當然，這夾子就是他的天「材」了。樹幹被刮得愈來愈細，眼看著這棵柿子樹就要倒下來了，而猴子還在大吃大嚼，渾然不覺。

「猴老哥，我告訴你吧，你不必摘柿子給我了。今天，我想，你大概繞過整個地球也回不了家了。」小螃蟹說完，沉默而堅定地回到河裡，頭也不回，因為他聽見背後有大樹倒下來的聲音，還有猴子的尖叫：「喂，螃蟹大哥，你快來救救我，我不會游泳啊……」

這就是日本版的結尾。後來，老師補加了一句：猶太人的版本總是例外，除此之外，全世界的版本就應該像後來這版本一樣。

附：作者簡介之三

宋文里，既然已經到了不惑之年，作者對於哪個版本比較像真理，他覺得：那可就不只是用解惑就能說清的。因為我們常聽到的經典故事，都難免有些遮遮掩掩講不清楚的地方。譬如這不會游泳的猴老哥，後來有沒有爬上岸，去繞他的地球？我們不知道，也不太想知道吧！回到我們自己的經典故事，譬如大家都聽過「孟母三遷」，就是不知從哪裡聽來的，從來沒人講清楚啊！欲知後事如何，請待下回分解。

第 12 篇

孟母三遷

終曲

孟母以三遷的壯舉，把她兒子造就成了後世的大儒，這已是家喻戶曉的童話了。但在後人為孟母立傳時，曾引用《詩》中的兩句來讚揚她，說她「載色載笑，匪怒伊教」。很多人不知道那是什麼意思。一個說書人有些時候就是要在書中有記載而偏偏少人能知的時候，來發揮他的專業技能——對別人說書。

用孟母故事來說書，目的在於利用反彈球來打回到經典的孟子，也就是孟軻。

話說孟軻年紀輕輕就結了婚，媳婦（兒）十六歲，自己二十歲，稍稍讀了些書，知道一些禮。一天，他走進閨房，見他新婚妻子衣冠不整，他就氣沖沖地奪門而出，把妻子這失禮的情況向母親告狀。新娘子知道了，也奔出來，向婆婆說：「軻郎待我如客。好女人是不客居在別人家的，所以我應該回我家門去了。」

孟媽媽和顏悅色地在這小倆口面前，先問兒子說：「你進入私室之前，有沒有先揚聲問『有人嗎？』，進門之後，有沒有先低頭不亂瞄？如果沒有，那麼，失禮的人是你，不是你媳婦，你懂嗎？」

孟軻恍然大悟，向妻子謝罪，才把她留住了。

那時候，孟軻和母親、媳婦一起，住在一間蠻像樣的「第三居」。

二部曲

大家都說「孟母三遷」，實際上是搬了兩次家，所以為了說書的準確性，我們得把遷居之前的住處叫做「第一居」，遷居之後，就是「第二居」；再遷之後，就是方才提到的「第三居」。

這弄清楚之後，我們才能來說說，遷到了第二居時，到底發生了什麼事。

那時孟軻十歲不到，孟媽已經要他去上學。阿軻仔每天就得穿過他家門前的市場，走到私塾去讀書。在市場裡什麼吃的、玩的都有，所以，書還沒讀熟，倒是先學會了買賣東西的遊戲。有一天，他手裡提著書包，另一隻手拿著遊戲贏來的冰糖葫蘆，回到家，脫了鞋，大聲喊著：「娘，我回來了。」就往屋裡衝。

就在那時，他看見他媽在屋子當中的織布機前站了起來，用一種奇怪的眼神看這他，冷冷地問道：「書讀得怎樣了？」

「沒什麼啊，就那樣。」軻仔輕鬆地回答。

沒想到，這時孟媽竟拿起一把剪刀，對著織布機中央的織線猛一剪去，織布機緊綳的上下兩塊木板就猛地「啪搭」一聲巨響，向兩邊彈開，把軻仔嚇得楞在那裡，張口結舌，說不出話來。

孟媽的眼中，透過淚光，閃出一股令人冷徹脊骨的寒意。她狠狠地對軻仔說：這樣吊兒啷噹的學習是「廢學」，就像沒織成的布被剪斷一樣，一事無成。這樣學習不會有成果，以後恐怕只能去當別人的奴役或作賊了。

說到這裡，孟媽早已泣不成聲，但軻仔也看見孟媽轉身走進房間，開始收拾東西。

「娘，你要幹麼？」軻仔自己擦擦眼淚問道。

「我們不能住在這裡了。我們不是沒搬過家，你去收拾你的東西。」孟媽斬釘截鐵地回答。

間奏曲

「我們不是沒搬過家」這句話在孟軻的耳中不斷迴響。那次搬家時他還小，不像現在可以幫忙推車。這一車搬家的家當，最大的一件東西就是織布機，此外就沒幾箱衣物了，不，還有一箱很沉的東西，軻仔問他娘說，那是什麼東西？他娘邊拉車邊喘著告訴他：「是你爹留下的一些書卷。」

「娘，你讀過那些書卷嗎？」軻仔好奇地問他娘說。

「讀過一些，你爹早先教的。」孟媽還喘著回答。

「那，咱們現在要搬去哪，娘？」

「你爹以前在學宮旁留有一間書屋，是很像樣的房舍，你爹現在讓我們住。」

首部曲

從第二居搬到第三居的理由，是和第一居遷到第二居時一樣的，就是要讓漸漸長大的軻仔可以離開從前不堪的生活環境，而踏上能夠讓人上進的環境。

大家都知道孟母三遷的故事說，孟媽剛生下軻仔時，是住在墳場旁邊的。很少人想過要問：這第一居為什麼會在墳場這裡？書上也都沒說。但至少有書透露了一些線索。孟嫣原來姓仉（掌），不知她的名字，只知她是個美人，所以我們按照當時當地人的說法，就會稱她為「仉嫽」。[4] 但歷史留給我們的一點線索不可從字面就視為理所當然。一個人姓什麼，除非那是氏族大姓，一般而言，「姓」常代表一個人的職業。那麼，「仉（掌）」是指什麼職業呢？

假若我們知道這個字的古文（甲骨文），就像下圖那樣，可以解釋為「兄／掌」，也可以解釋為一種職掌，就是「祝」，這樣一來，我們才會明

④根據（漢）揚雄撰／（清）戴震疏證的《方言疏證》，說女人的美色，在青徐海岱之間，叫「嫽」（還有一稱，字典上找不著，但後來恐怕是發展為「妙」的「媌」。）

白：仉嫽原是繼承家業而從少女時代就開始擔任巫祝的工作，因此，她們家會住在墳墓旁邊，也就不足為奇了。

只是，當時的巫祝和士人常有機會接近，正如太史公曾這樣說過他自己的行業：「文史星曆，近在卜祝之間。」小姑娘仉嫽就是這樣，在擔任「祝」的工作時，會和「文史星曆」的行家們往來，應也是常有的事。只不過，自從一位不知名也不出面的孟氏讓仉嫽懷了孕，生下兒子之後——仉嫽從為這兒子取名「孟軻」的那日起，就已經決心要脫離她們家人那種無名的行業，要把兒子撫養成為像他父親一樣有名有姓的文士。

當我們最終在書上看見這樣的讚詞重複出現兩次：

作者簡介

宋文里，他一向知道，自己的身世中，雖然總不免負荷著父親造成的家庭史，但他的種種心智能力，乃至於他的志向，都是來自母親的真傳。只有一點，小時候母親對他念故事書是用日文版，她邊看邊作口譯，譯成他能聽懂的客家話。他自己發現：故事要能上進，就不再只是念故事書和聽故事，而必須首先要能夠轉變，譬如能夠翻譯，然後變成能講的故事，能用來說書，反正就是要能夠脫離原版，變成人人可懂的版本。這就為這本誤讀童話奠定了最基本的條件——就像打撞球一樣，最高級的技法都是能夠歪打正著。誤讀跟歪打，是一個意思。他還留著很多像這樣的故事講說之法，說來說去都能夠從心所欲不逾矩——這裡的「矩」當然是用來比喻工作的規矩。他知道說書人的工作和規矩是什麼，譬如把童話故事說下去就是工作，但把故事說成寓言，就是不逾矩的。欲知後事如何，請待下回分解。

全文完

誤讀童話

出　　版／楓樹林出版事業有限公司
地　　址／新北市板橋區信義路163巷3號10樓
郵政劃撥／19907596 楓書坊文化出版社
網　　址／www.maplebook.com.tw
電　　話／02-2957-6096
傳　　真／02-2957-6435
作　　者／宋文里
企劃編輯／陳依萱
書封設計／許晉維
校　　對／周季瑩
港澳經銷／泛華發行代理有限公司
定　　價／380元
出版日期／2024年 5 月

國家圖書館出版品預行編目資料

誤讀童話 / 宋文里作. -- 初版. -- 新北市 :
楓樹林出版事業有限公司, 2024.05
面；　公分
ISBN 978-626-7394-50-2 (平裝)
1. 臺灣小說 2. 文學評論
863.57　　113003592